생각을

시 詩 로 물들이다

2

책쓰기로 키우는 작가의 꿈 시리즈 ⑦

생각을
시 詩 로 물들이다 2

천안동성중학교 2학년 학생들
& 국어교사 한경화

바북
BOOK

여는 글

이 책은 천안동성중학교 2학년 학생들이 2학기 국어 시간에 '세상을 읽는다, 나에게 묻는다'라는 단원을 공부하며 『꽃들에게 희망을』(트리나 폴러스 作)을 읽고 자신의 꿈을 탐색하는 버킷리스트를 작성한 뒤, 이를 시로 재구성하여 '나의 꿈'을 주제로 쓴 시와 낙엽 시화 제작 수업의 결과물로 만들어진 창작 시집입니다.

11월에 진행된 **'진정한 혁명, 그리고 꿈과 희망 찾기 프로젝트~!!'** 수업을 진행하며 학생들은 노랑 애벌레와 검정 애벌레를 통해 청소년기 자신의 삶을 살아가는 태도에 대해 깊이 생각해보는 시간을 가졌습니다. 그리고 의미 있는 다양한 독후 활동을 한 뒤, **'나의 꿈을 담은 버킷리스트'**를 작성하고 이를 시로 재구성하였습니다.

낙엽 시화 활동지에 운율과 비유(직유, 은유, 의인), 의성어, 의태어를 담아 시의 형식에 맞게 내가 바라는 나의 꿈과 삶을 담은 시(詩)를 쓰는 학생들은 그 어느 때보다 즐거운 표정이었습니다. 그래서 미래 자신이 바라고 꿈꾸는 삶이 실현

된 것을 상상하며 신나게 시를 쓰고 선생님에게 쪼르르 달려와 '이렇게 쓰면 어때요?', '이건 표현이 너무 이상해요.', '여기를 못 쓰겠어요.' 하던 학생들의 천진난만한 표정과 기대에 찬 눈망울들이 지금도 눈에 선합니다.

시가 완성되자 아이들은 자신이 좋아하는 노란색, 하늘색, 연두색, 분홍색 색상지에 보기 좋게 시를 쓰고, 미리 주워서 국어책 속에 끼워놓고 말린 알록달록한 예쁜 낙엽을 시 옆에 붙이며 가을과 낙엽을 담고, 낙엽에 꿈도 그렸습니다. 이렇게 자신만의 개성과 느낌을 담은 '나만의 낙엽 시화'를 완성하며 천안동성중학교 2학년 학생 모두는 아름다운 가을날, 멋진 시인이 되었습니다.

2학년 학생들을 사랑하는 국어교사 한경화

시(詩) 수업 풍경

선생님~

저는 아직 뚜렷한 꿈이 없는데 어떻게 해요?

음~ 그럼 하고 싶은 일을 생각해 봐

그리고 하고 싶은 일로 버킷리스트를 작성해보자

잘했어, 이번에는 버킷리스트를 시로 바꿔서 써 보자

중학교 2학년이니 3연~4연 정도의 시면 좋겠다

비유적 표현도 두세 개 넣어 멋지게 버무리고

그래, 의성어와 의태어도 넣어 활기도 불어넣자

비슷한 글자 수와 반복되는 시어로 운율도 만들어야겠다

선생님~
2연이 2행밖에 없는데 괜찮아요?
생각을 조금 더 확장해서 조금만 더 써 보자
괜찮아, 너희의 꿈이 녹아들고 있으니
마음껏 생각을 펼쳐서 써 봐

선생님~
저의 꿈을 담아 시를 쓰니 너무 신나요
제 꿈이 시처럼 이루어진다면 얼마나 좋을까요?
음~ 지금 너희들이 꾸는 꿈은 모두 다 이루어질 거야
선생님이 너희들의 꿈을 언제나 응원할게!

차 례

2학년 2반

2학년 5반

2학년 1반

생각과 이야기가 많은 친구들
잘하고 싶은 마음이 큰 친구들
진지한 눈빛으로 경청하고
활동지는 꼼꼼하게 채우고
하나라도 더 배우기 위해
항상 최선을 다했던 1반

나만의 여행

_강나경

눈을 떠보니 내 앞에 원숭이
라면에서 김이 사르르
내 안경을 채운다

지금 내 옷을 보니
일본 전통의 기모노

어라?
저 원숭이도 기모노를 입었네
그 모습이 영화 같다

맞다
나는 지금 영화관에 앉아있다

나의 바람

_기혜주

하고 싶은 것이 많다
하기 싫은 것도 많다
그 많은 것을 나는 할 수 없다

내 인생은 실이다
꼬이면 풀기 어려운 그런 실이다
나는 지쳤다
중간고사, 기말고사, 수행평가, 친구 관계 등등
나는 지쳤다

그래서 나는 바람처럼 되고 싶다
살랑살랑 움직이며 여행하는 바람
꽃과 인사하는 바람
미세먼지를 이겨내고 나무와 얘기하는 바람
그런 바람이 되고 싶다

목표

_김도우

우리는 말처럼 달린다
남들이
성공이라 부르는 길을

우리는 훨훨 날아간다
남들보다 더 높은 곳으로

하지만 우리는 알고 있다
그 모든 것들은
다 헛된 노력이라는 것을

번쩍번쩍

_김재은

머릿속에 아이디어가
번쩍! 하고
술술 떠오르기 시작한다

남을 멋지게 디자인하는
사람들이 보는 시선을 디자인하는
그런 번쩍임

번쩍임이 멋진 디자인으로
점점 변해가게 된다
슥삭슥삭 그려지는 소리들

사람들에게 보여지는 순간
와~ 하고 환호한다
그런 환호성이
나에겐 힘이 되는 번쩍임이다

이상적인 삶

_양은혜

삶은 꽃이다
활짝 핀 꽃은 아름답다
피려고 하는 꽃도…
활짝 핀 꽃이 있다
그럼에도 더욱 아름답게 피려고 한다
피려는 꽃이 보기엔 이상적인 삶

삶은 꽃이다
활짝 핀 꽃은 아름답다
피려고 하는 꽃도

모두 아름답다

낙엽

_여유진

노랑 빨강 갈색
가을을 맞아 물들여진 낙엽들이
하나둘씩 떨어져 갑니다

깃털마냥 아무 무게도
없다는 듯이 떨어지지요

녀석들은
소리 없이 조용히 날아가
자취를 감춥니다
잠시 맺히는 이슬처럼요

그러나 녀석들은
살랑살랑
모습을 남깁니다

마치 잊혀진 꿈처럼 말이에요

여행길

_이준희

에펠탑을 보러 파리로 떠난다
전망대에 올라 파리 시내를 내 눈에 담는다
보이는 모든 것들이 장난감처럼 보이겠지

귀여운 캥거루를 만나러
나는 호주로 떠난다
푸르른 초원을 뛰어다니는
캥거루가 참 귀엽다

한 번쯤은 꼭 가봐야 하는
도시 하와이로 떠난다

다음은 어디로 떠나볼까?

나의 여행

_임은서

친구들과 우정을 다지며
떠나는 여행은
무엇이든지 재미있다

가족들과 추억을 쌓으며
떠나는 여행은
꿈같은 시간이다

나 혼자서 자유를 즐기며
떠나는 여행은
기대되는 추억 만들기이다

나는 오늘도
두근두근 설레며
여행을 떠난다

머리카락

_김순재

긴 여름이 지나갔다
드디어 가을이 왔다
나무들은 머리카락을 염색했다

분홍색에서 노랑색, 빨강색
우리 반 애들도 염색을 했다
갈색에서 빨간색, 검은색에서 갈색

겨울이 되면 나무들은 준비를 하겠지
봄을 기다리며
우리도 나무처럼 새 학년을 맞이하겠지

그렇게 봄이 되면
나무들은 다시 새로운 모습이 되겠지
그리고 우리도 나무처럼 새 학년을 맞이하겠지

소방관

_김정훈

뜨거운 곳에도
무서운 곳에도
무너진 곳에도

거침없이 뛰어드는 소방관들
나도 소방관들처럼 살고 싶다

뜨거운 곳에도
무서운 곳에도
무너진 곳에도

지금은 되려 받고 있지만
나중엔 그런 소방관이 되고 싶다

공항

_문규연

여행 가기 전 설레는 장소
티켓을 끊으려고 기다리는 줄은
놀이공원 줄 기다리듯이 설렌다

비행기가 이착륙하는 소리는
나를 더 설레게 한다
사람들이 끌고 가는 캐리어 소리도
나를 설레게 한다

설레는 마음에 그곳에서 뭐 할지
휴대폰으로 할 일을 찾아본다
오늘따라 기다리는 것도 재미있다

비행기에 탑승할 때도,
계단을 오를 때도
너무 재미있다

희망

_박찬수

나뭇잎들은 원한다
더 많은 양분을
조금 더 오래 살기 위하여

나뭇잎들은 원한다
더 강한 접착력을
나무에서 떨어지지 않기 위하여

나뭇잎들은 원한다
강철같은 표면을
누군가에게 먹히지 않기 위하여

하지만 우리는 알고 있다
그들의 꿈과 희망은
휭~ 가을바람 앞에 무너질 거라는 것을

앱

_송은찬

시험 올백이 온다 나에게
뚜벅뚜벅

서울로 간다 내가
뚜벅뚜벅

게임 만드는 회사로 간다 내가
뚜벅뚜벅

프로그래머, 꿈이 온다 나에게
뚜벅뚜벅

앱
꿈이 완성됐다

슬픈 일

_송화준

내 차는 롤스로이스
사람들이 보석을 보는 것처럼 구경하고 간다
아, 꿈이었다

내 얼굴은 강동원
사람들이 연예인 보는 것처럼 쳐다보고 간다
아, 꿈이었다

서울대에 합격했다
부모님이 내가 죽었다 깨어난 것처럼 기뻐하신다
아, 꿈이었다

롤스로이스를 타는 것
강동원처럼 잘생겨지는 것
서울대에 합격하는 것
내 꿈이다

풀, 나무, 곤충들처럼

_이도연

나는 나중에 자연 속에 자연스레 녹아드는
나무같이 살 거야
내색하지 않고 곤충들에게
도움을 줄 수 있는 존재니까

나는 곤충들처럼 살고 싶어
거대한 자연 속 하나로
다른 구성원과 어울릴 수 있을 테니까

나는 풀처럼 살고 싶어
나는 자연 속에 자연스레 녹아들어 살고 싶거든

나는 커서 자연 속 하나로
찾아오는 생명들과 어울리며 살고 싶어

빙하

_임도현

와~ 큰 얼음이다
저것들로 빙수를 해 먹고 싶다
어? 펭귄이다
집에 데려가 키우고 싶다

기대되어 콩닥콩닥한 내 마음
저기 남극연구소가 보인다
사람처럼 떠 있는 빙하들도 보인다

빙하가 사라지고 있다
연구소에서 들은 충격적인 소리
가슴에 추를 매단 것 같다

밖으로 다시 나가니 세상이 다르게 보인다
어? 얼음이다
점점 녹아 사라지고 있다
어… 펭귄의 눈이 슬퍼 보인다

노가다

_정현우

나는 개미처럼 일하네
영차, 영차, 영차, 영차

나는 건물을 짓네
영차, 영차, 영차, 영차

나는 가지지 못할 건물을
영차, 영차, 영차, 영차

노가다가 끝났네
아쉬움이 느껴지네

내가 지금 가지지 못할 건물
성취감이 느껴지네
내가 곧 가질 건물

꿈

_최예찬

오늘도 나는 꿈을 꾼다
남들이 꿈을 꾸는 것처럼
나도 꿈을 꾼다

예전엔 다 같이,어떨 땐 함께
지금은 혼자 꿈을 꾼다

남들이 자면서 꿈을 꿀 때
나는 깨어서 다른 꿈을 꾼다
오랫동안 계속

오늘도 나는 꿈을 꾼다

곰팡이 핀 토마토

_최현우

어느 한 토마토가 있었다
그 토마토는 매우 빨갛다
그 토마토는 다락방에 산다

토마토는 사람들에게 관심받기를 원한다
하지만 토마토는 관심을 받지 못했다
토마토는 슬펐다

토마토는 엉엉 울었다
토마토는 날씨가 추워지자 외로워졌다
어느 날 토마토에게 하얀 곰팡이가 폈다

토마토는 기뻤다

곰팡이가 유일한 친구이기 때문이다

토마토는 결국 곰팡이와 함께 사라졌다

2학년 2반

웃음과 유머가 많은 친구들
순수하고 귀여운 예쁜 친구들
서로 배우고 나누고 협력하며
항상 최선을 다해 공부하고
서로의 이야기에 귀 기울이며
선생님에게 예의 바르던 2반

나의 꿈 애견미용사

_권지민

그날도 어김없이 산책을 하던 날이었다
그냥 집에 들어가기가 아쉽다고 느껴져서
쉼터에 가서 앉아 쉬고 있었다

차가운 바람을 맞으며 멍하니 앉아있었다
어디선가 강아지에 울음소리가 들렸다
나는 바로 울음소리가 들려오는 곳으로 향했다
그곳엔 꼬질꼬질한 아기강아지 한 마리가
작은 박스 안에 담겨져 있었다

나는 순간 당황했다
꼬질꼬질한 아기강아지가 나를 향해 환하게 웃어주었기 때문
이다
그 웃음이 구름처럼 예뻤기에 나는 그 웃음을 잊을 수가 없
었다
그게 나와 강아지의 첫 만남이었다

1주일이라는 시간을 그 강아지와 보냈다
그날 역시 보러 갔는데 보이지 않았다
이곳저곳에도 없었다
나는 새 주인을 찾았다고 생각했다

나는 그 강아지와 짧은 만남을 가지고 난 후 생각했다
연예인도 꾸미면 빛이 나듯이 강아지들도 꾸민다면
빛이 날 수 있다는 걸 알게 되었다
나는 그날 그 강이지 덕분에 지금에 꿈을 찾을 수 있었다

바다

_김선아

찰랑찰랑 물결치는
잔잔한 바다
끝도 없이 펼쳐지는
넓은 바다

넓은 바다를 보며
꿈을 꾼다
바다처럼 크고 멋진
나만의 꿈을 꾼다

아무리 건널 수 없는 바다지만
배를 타고 건널 수 있는 것처럼
나도 나만의 길을 찾아
바다를 건너간다

운석

_김주희

나는 운석이 되고 싶다
크고 넓은 우주에서는
떠돌아다니는 돌이겠지만

지구에서는 가만히 있어도
돈이 되는 운석이라는
특별한 돌이 된다

나는 운석처럼 가만히
있어도 돈이 되는 부자 백수가
되고 싶다

부자

_박설아

부자 되고 싶다
돈 벌려면 주식이 좋을까
비트코인이 좋을까
내 주머니에 있는 돈 400원
미래가 어둡다

복권에 당첨되고 싶다
하겐다즈가 종류별로 냉장고에 있으면 좋겠다
비싼 한강 뷰 아파트에서 살면 좋겠다
만화 속 주인공처럼
부자로 태어났으면 좋았을 텐데

그래도 열심히 살자
열심히 살면 이번 생에도
부자가 될 수 있지 않을까

나의 꿈

_박혜미

호랑 애벌레가 기둥에 올라가기 시작했다
나도 내 꿈을 뒤쫓고 있다

호랑 애벌레가 기둥에 올라가길 포기했다
나도 내 꿈을 잠시 포기하였다

호랑 애벌레가 다시 기둥에 올라가길 시작했다
나도 호랑 애벌레처럼 다시 꿈을 뒤쫓기 시작했다

두근두근 꼭대기가 바로 앞이다
호랑 애벌레가 기둥 꼭대기에 도착했다

나도 포기하지 않고 도전한다면
꿈을 이룰 수 있다고 믿는다

나비

_신윤서

나의 인생은 애벌레 같다
꿈을 찾지 못하고 어슬렁거리는 애벌레
애벌레는 오늘도 꿈을 찾으러 꿈틀꿈틀 기어간다

나의 인생은 애벌레 같다
갓 목표를 잡아 열심히 앞으로 나아가는 애벌레,
애벌레는 점차 성장하여 번데기가 되어 간다

자신의 목표를 잡아 열심히 노력하는
애벌레처럼
항상 참고 버틸 수 있는
번데기처럼

자유롭게 꿈을 찾아 날아다니는
나비처럼
나비처럼 살고 싶다

봄

_이영유

차가운 겨울이 가면
봄을 맞이할 준비를 한다
새로운 시작을 위해
새로운 만남을 위해

상처로 차가워진 내 마음에도
언젠가는 봄이 올 것이다
나는 계속 기다린다
따뜻한 봄을 위해

얼음처럼 얼어붙은
내 마음이 녹을 때 즈음
새로운 시작을 위해
새로운 만남을 위해

모두 겨울에 깨어나 봄을 맞이한다

크리스마스

_조예현

성당에서 종소리가 은은하게 들리고
거리에서는 캐롤 노랫소리가 들린다

TV에서는 연말 시상식을 하고
집에서는 트리를 만들어 모두가 바쁘다

올해가 끝난다는 슬픔과
새해를 시작한다는 설렘이 있다

크리스마스처럼
매일이 설레고 바쁜 삶을 살고 싶다

여행

_조희진

언제 가도 설레는 여행
살랑살랑 바람이 불면
기분 좋은 여행

오늘도 난
여행을 떠난다

환상의 나라

_최소윤

어린 시절 자주 보았던
환상의 나라 이야기
매일 무지개가 피는 낭만적인 세상에

한없이 햇살처럼 바다처럼
웃을 줄 알던 아이는
많은 겨울에 지쳐갔지만

여전히 남아있는 환상의 나라는
낙엽이 바스락거리는 소리에도
가끔씩 웃을 힘을 주고 있네

먼 훗날 아득한 아지랑이 사이로
사라질지도 모르는 환상의 나라
그 향기를 계속 간직하며

어여쁜 향수병에 담아서
마음속에 깊이 넣어둔 뒤에
다시금 예쁜 그 추억에 살려 하네

하루

_김연수

하루하루 열심히 살아도
하루하루 배려하고 살아도
하루하루 도와주고 살아도

모두 내가 필요한가 보다

하루하루 힘들게 살아도
하루하루 최선을 다해 살아도
하루하루 노력하면서 살아도

모두에게 내가 필요하구나

하루하루 힘들어도
하루하루 낙엽처럼 떨어지고
하루하루 혼자 버텨내며
하루하루를 보내면

나에게도 내가 필요한가 보다

1일

_김성연

오늘도 하루가 지나갔다
학원이 끝나고 집으로 돌아가는
추운 밤길

그녀에게 보내는 문자
한결 추위가 가셨다

말실수 한 번으로
나에게 돌아오는 건
어색함

슬프다
되돌릴 수 없는 현실

내가 듣고 싶었던 말은
우리 오늘부터
1일

꿈 여행

_박재현

시험공부로 지친 나
똑같은 일상에 지친 나
놀다 힘들어 지친 나

그런 나를 위해 꿈 여행이란
안식처가 날 돌봐주는 듯
마음을 따뜻하게 만든다

오늘은 차가운 사람처럼 생긴 모스크바로 갈까
우뚝 솟은 산처럼 생긴 프랑스 파리로 갈까
고소한 모래와 같이 있는 오아시스 두바이로 갈까

거대한 손목시계인 영국 런던으로 갈까
음머 소리가 들리는 네덜란드 암스테르담으로 갈까
그렇게 생각하며 깊은 꿈속에서 현실의 나로 돌아온다

가고 싶은 곳

_배덕중

내가 가고 싶은 곳은 어디일까
나의 집, 나의 방으로 갈까

아니, 아니, 아니
나는 좀 더
탁 트인 곳으로 가고 싶네

탁 트인 곳은 어디일까
단풍잎이 살랑살랑 내려오는
탁 트인 학교로 갈까

아니, 아니, 아니
나는 좀 더 높고
반짝반짝 빛나는 곳으로 가고 싶네

탁 트이고, 높고, 반짝거리는 곳은 어디일까
곰곰이 생각해보다 하늘을 바라보니
아… 난 저곳으로 가고 싶네

밤하늘 위에 반짝반짝 빛나고,
높고, 탁 트인 저 달에 갈까

그래 그래 그래
나는 저
탁 트이고 높고 반짝반짝 거리는
달나라로 가고 싶네

배우

_안형근

흥미 있어 보이는 배우
하면 재미있을 것 같은 배우
하고 싶은 일이 생긴 거 같다

아무것도 모르고 시작한 나는
제일 가까운 유튜브라는 친구에게 물어본다

많은 영상이 뜬 것이 나에게
답변을 해주는 것 같다

여러 영상을 봤지만
하나도 머리에 들어오지 않는다
하얀 도화지같이

소속사에 들어가
배우라는 꿈을 이룰 수 있을 때까지
기다리는 내 모습이 보인다

겨울

_우지성

헐! 벌써 겨울이래
봄, 여름, 가을이 다 지나고
마지막 계절 겨울이래

1학기는 이미 다 끝났고
2학기 끝나가는 겨울이래

단풍 후두두~ 떨어지고
머리 다 빠진 나무들만 남은
마지막 계절 겨울이래

눈이 펑펑 내리는 겨울이래
아무 생각 없이 눈 오는 하늘을
가만히 바라만 보고 있어도
위로가 되는 겨울이 나는 좋다

가을의 떨어지는 낙엽

_이중호

낙엽이 비처럼 떨어진다
얼마나 떨어지는 걸까
낙엽은 내 말을 듣지도 않은 채
계속해서 떨어진다
낙엽은 쌓여만 간다 쏴아~ 아악

낙엽은 떨어지지만 나는 올라갈 것이다
나는 산을 향해 올라갈 것이다
낙엽이 날 방해해도
나는 올라갈 것이다

낙엽은 힘없이 떨어지지만
나는 힘있게 올라갈 것이다
낙엽은 바람의 도움으로 떨어지지만
난 노력으로 올라갈 것이다

낙엽이 방해해도
난 올라갈 것이다
정상을 향해

상상이 현실이 된다

_이상기

나는 상현을 믿어왔다
좋은 집과 좋은 차를 살 수 있다고 믿어왔다
내가 부자가 될 수 있다고 믿어왔다

어느 날 눈을 떠보니 상현이 되어 있었다
반짝반짝 빛이 나는 멋지고 좋은 집과
멋진 차가 나를 반기고 있었다

나의 사회적 지위도 높아졌다
나는 사업도 성공했다
나의 상현은 이루어졌다

시계

_전유섭

또깍또깍 초침, 분침, 시침
또깍또깍 1일, 1달, 1년
하루도 쉬지 않고 돌아가는 시계

나는 시계를 보면서 말한다
또깍또깍 시계는 무엇을 하고 싶을까?
시계도 꿈이 있을 거야

또깍또깍 또깍또깍
시계도 나처럼 목표가 있어서
열심히 소리를 내는 것이다

또깍또깍 또깍또깍

강

_최민영

졸졸졸 흐르는 강물이
내 인생 같다

첨벙첨벙 튀겨져
고인 물이 될 수도 있고

꿀꺽꿀꺽 삼켜져
새로운 시작을 할 수도 있고

계속 계속 흘러서 장대한
바다가 될 수도 있는

아직 아무것도 정해지지 않은
졸졸졸 흐르는 강물이 내 인생 같다

무엇이 좋은지

_홍요한

어린 나는 식물이 좋았다
심고 기다리면 아름답게 피어서인지
기다리면 맛난 열매가 자라서인지

어린 나는 연구자들이 멋져 보였다
항상 골똘히 생각하는 모습이 멋졌는지
팔랑팔랑 책을 넘기며 읽는 모습이 좋았는지

가야금 치는 모습이 멋졌는지
그 소리가 가을밤을 채우는듯해 좋았는지

가끔씩 시골로 내려가면 뵙는 시골 할머니가 생각나
기와집이 좋았는지

그것들이 왜 좋았는지
낙엽들을 보며
가끔씩 또 생각한다

2학년 3반

주관이 뚜렷하고 영리한 친구들

창의적인 생각과 참신한 발상

빅 아이디어 뱅크 같은 친구들

그래서 수업 시간에 선생님에게

흐뭇한 미소를 머금게 하는

빛나는 순간이 많았던 3반

삶

_김다경

떨어져도 통통
다시 튀어 오르는 공처럼
실패하더라도 다시 올라가는
그런 삶

파도가 잔잔하게 흐르는 바다
누군가에게 행복을 주는 바다처럼
누군가에게 행복을 주는
그런 삶

햇빛이 쨍쨍
누군가에게 그늘이 되는 나무처럼
누군가에게 도움이 되는
그런 삶

떨어져도 다시 튀어 오르는 공처럼
누군가에게 행복을 주는 바다처럼
누군가에게 그늘이 되는 나무처럼
그런 존재가 되는 삶을 살고 싶다

날씨

_님알리나

푹신푹신한 구름처럼 보이지만
그 안에는 비가 숨어있다

툭… 툭… 투두둑…
비가 조금씩 내리기 시작했다
그 사이에 햇빛이 떠오른다
마치 웃는 아이처럼

무지개가 생겼다
나는 무지개의 길을 따라갔다

터벅터벅 힘들게 도착한 곳은
꽃들이 만발한 아름다운 꽃밭이었다
마치 아름답고 귀한 다이아처럼

여행

_김민주

하늘에 떠 있는 구름
새처럼 날아다니는
멋진 비행기

비행기를 타고
멋진 여행을 떠난다
부푼 마음을 안고

여행 가는 길에
구름 뚫고
쌩쌩 지나간다

여행을 가면
기분도 좋아지고
신이 날 것 같다

여행을 가면

목도리

_박수련

목도리는 겨울이 되면 기다렸다는 듯이
내 목을 감싸 따뜻하게 해준다
마치 할머니의 따뜻한 품처럼

목도리는 떨어지기 싫다고 떼를 쓴다
지지직 지지직거리며 나의 머리카락을 붙잡는다 마치 엄마 등
에서 내려가기 싫다며
찡찡대는 아기처럼

목도리는 겨울이 끝나려 하진
내 몸과 마음을 따뜻하게 녹이고선
아쉬운 작별 인사를 한다

내년 겨울도
내후년 겨울도
목도리는 벌벌 떨며 지낼 나의 겨울을
항상 따뜻하게 안아주었다
아, 나로 목조차 같은 사람이 되고프다

구름

_윤채민

어디에서든
하늘을 처다보면
내가 보이고

자유롭게 어디든
두둥실두둥실
바람에 몸을 맡기며
여행하는 삶

걱정이 없어 보여도 한번 울면
우르르 쾅쾅 번쩍
큰 소리를 내며 힘껏
울음을 터뜨리고

어느 순간 빛을 내며
내 곁에 다가와
울음을 그치게 해주는
해라는 친구가 있는 삶

낙엽

_김율빈

낙엽은 나무에 매달려 있다가
시간이 지나면 살랑살랑 떨어지지
마치 어린아이에서 어른이
되는 과정처럼

낙엽이 떨어지고 나면
거리를 지나다니는 사람들에게
많이   히고 찢어지지

다행히 '바람'이라는 친구가
낙엽을 하늘 위로
높게 날개 해주지

낙엽은 희망을 가지며
행복하게 살게 되지
마치 우리 인생처럼

돌

_이하은

돌
이름만 들어도
단단하고 셀 것 같은 느낌

무료한 일상들
반복되는 일상들
돌도 외로울 것이다

데굴데굴
굴러가는 대로
흘러가는 대로
자리를 지킬 뿐

밟히고
차이다
사람들의 관심이
날 일으켜 세운다

가을길

_이한솔

가을이 왔다
아름답게 물든
나무들 사이로
뚜벅뚜벅 걸어간다

걸어가다 아름답게 물든
나무를 보았다
바람이 휘익~ 불자
낙엽들이 떨어졌다

쓸쓸한 낙엽들이
다 떨어지고 나면
차가운 겨울이 오겠지

알록달록한 가을도
겨울이라는 길을
걸어가는 중인가보다

나무

_홍예지

너는 나에게 그늘을 만들어주고
너는 나에게 꽃을 보여주네
내가 배가 고플까 열매도 주네

햇살에 비친 너의 모습은 참 아름다워
눈에 덮인 너의 모습은 참 아름다워
빨갛게 물들은 너의 모습은 참 아름다워

나는 너에게 무엇을 해줄까
나도 너에게 베풀고 싶어
이렇게 아름다운 너를 어떻게 안 좋아할 수 있는가

둥지

_김한선율

가을 하늘 아래 가지뿐인 헐벗은 나
할 일 없이 낙엽 밟으며
부스럭부스럭 소리 내며 걷다 발견한
그런 나무

그런 헐벗은 나무도 그런 허전한 나무도
그 안에 숨은 자그마한 둥지
실처럼 엮어진 튼튼한 둥지

더울 때도 같이 있어 주고
추울 때도 같이 있어 주고
바람이 불어도 떨어지지 않는
그런 둥지

나무가 고맙다고 하지 않아도
늘 곁에 있어 주는 그런 존재
나도 너에게 그런 의미 있는
사람이 되고 싶다

누구는 바보라고 할 수 있지만
그래도

．

．

．

나는 너의 곁에 있어 보고 싶다

바람이 분다

_김시준

바람이 분다 나에게
성난 황소처럼 빨리 부는 바람
나의 몸에 차가운 손을 끼얹는 바람

머리부터 까지 차갑다
회색빛 구름이 햇빛을 가려버렸다
나를 얼어 죽게 만들려는 바람

휘이잉 휘이잉 거세게 부는 바람
그런데 빛이 점점 새어 나온다
한 줄기 희망을 안고 나아가는 나

햇빛이 나타나 나를 껴안았다
방해꾼들이 모두 사라졌다
드디어 나와 만난 햇빛

여행

_김한중

답답하다 답답하다
이 감정은 무엇일까
어디든 가야 한다는
이 감정은 무엇일까

떠나자 떠나자
산들바람과 흔들리는 꽃
나뭇가지에 지저귀는 새
훨훨 날아가는 나비

떠나자 떠나자
오늘은 떠나보자
산과 바다를 건너
전 세계로 나아가 보자

미래

_문현석

행복한 가을인 줄 알았다
결국 시험 날이 왔다
눈앞이 깜깜했다
내 미래처럼

고민하여 답을 써 간다
눈을 질끈 감았다
칠흑같이 어두웠다
내 미래처럼

찝찝하게 답을 써 간다
시험지는 장마철같이
오답이 주룩주룩 내렸다

생각보다 잘 봤다
눈을 떴다
세상이 밝았다
밝은 내 미래처럼

연인

_박준혁

연인이 있는 세상은 천국이다
연인이 있는 세상은 구름을 걷는 것같이 푹신하다
아무리 주륵주륵 비가 와도
연인이 우산처럼 막아준다

연인은 서로에게 말한다
우리는 끝까지 사랑하고 꽃길만 걷자
연인이 있는 세상은 사랑스러운 미래이다
하.지.만…

연인이 없는 세상은 지옥이다
연인이 없는 세상은 불길을 걷는 것 같이 뜨겁다
아무리 주륵주륵 비가 와도
연인이 없어 비를 맞으며 간다

연인 없는 사람은 말한다
연인들은 망해라, 연인들 없어져야 해
연인이 없는 세상은 더러운 인생 슬픈 인생이다
너도 그럴 것이다
나도 그러하니

낙

_신지민

떨어지는 건 부질없다
떨어지는 것 하면 생각난다
실패, 오산, 회의감
떨어지는 건 부질없나?

아니다 떨어지니깐 올라가는 것임을
올라가니깐 떨어지는 것임을
일종의 섭리인 것이다
낙엽이 가을에 매년 떨어지는 것처럼

우린 떨어지면 위를 바라본다
우린 아래에서 다시 위로 올라가면서
자신의 선택을 뉘우친다

실패하면 다시 성공하는 과정에서
우린 더 현명해진다
다시는 떨어지지 않으려고

뫼비우스 띠

_오성주

뫼비우스 띠처럼 하루가 반복된다
매일매일 똑같은 하루를 보낸다
지긋지긋한 나의 인생

째각째각 의미 없이 시간만 흘러간다
집에서 학교 가고 학원 가고 집에 가고
누군가 이 띠를 끊기 전까지 반복된다

이 지긋지긋한 끈을 끊을 사람이 존재하는가
칠흑 같은 어두운 삶의 빛은 어디 있는가
빛이여 내게 오거라 나의 삶에 나타나라
하지만 아직은 나타나지 않았다

뫼비우스 띠처럼 하루가 반복된다
매일매일 똑같은 하루를 보낸다
지긋지긋한 나의 인생

과정은 실패, 결과는 성공

_이래원

한 번 맛보았다
죽을 만큼 쓴 실패
그렇다면

다시 도전했다
덜 쓴 실패를 맛보았다
어림없지

또 도전했다
꿀처럼 단 성공
당연하지

너를 더 나은 사람으로 만드는 것은
꿀처럼 단 성공이 아닌
인삼처럼 쓴 실패다

가을 소리 나의 소리

_이찬용

가을 소리가 들려온다
나의 소리가 흘러간다
휘리릭 휘리릭 소리가 들려온다

나의 나무에서는 소리가
가을 나무에서는 낙엽이
나의 귀에서는 가을이

통기타 소리는 통통탁~ 통통탁~
낙엽의 소리는 바스슥~ 바스슥~
동물도 나도 귀가 기뻐한다

가을 소리는 떠나고
겨울 소리가 들려오겠지만
나의 소리는 계속해서 들려온다

나의 작은 집

_정석우

오늘도 기쁜 마음으로 산속으로 걸어간다
숲속의 소리 음악과도 같다
항상 오가도 질리지 않는 귀갓길

나는 내가 지은 이 집이 너무 좋다
아무리 전기가 끊겨도
아무리 벌레가 많아도
아무리 통신이 잡히지 않아도
내 삶의 즐거움을 채워준다

오늘 아침 닭이 울어댄다
꼬끼오~ 꼬끼오~
매일 아침 날 깨워주는 고마운 소리

잠결에 계곡으로 터벅터벅 걸어간다
아침의 계곡물이 날 잠의 감옥에서 탈출시킨다
오늘 아침도 활기차게 시작해볼까

나의 롤모델처럼

_최은호

핑퐁 핑퐁 나에겐
가장 듣기 좋은 소리
들으면 힘이 나는 소리

언젠가는 오르고 싶다
가족이라는 높은 벽을
언젠가는 넘고 싶다
김택수라는 높은 산을

언젠가는 그처럼 되고 싶다
다른 이들이 따라 하지 못하는
나만의 기술을 갖기 위해

이제 높은 벽과 산을
넘기 위한 첫 발자국을
나의 밝은 미래를 향해 내딛는다

새

_홍재원

푸드득 푸드득
오늘은 어디를 가볼까?
이쪽으로 가서 푸드득
저쪽으로 가서 푸드득

어딘가를 가서
존재를 알리는 너
비행기처럼 날라다니는
멋진 너

나도 너처럼
멋진 새가 되어
높이 날아 어디든 다니며
나의 존재를 알리고 싶구나

푸드득 푸드득
오늘도 너는
멋진 깃을 뽐내며
여행을 다니는구나

2학년 4반

친구에 대한 배려가 많은 친구들
각각의 재주와 끼가 넘치는 친구들
야무지고 똑 부러지게 발표하며
수업 시간엔 즐거운 웃음이 가득
수업 시간마다 선생님을 감동을 주던
빛나는 생각과 열정이 샘솟던 4반

그림

_고나경

오늘도 어김없이 잡은 샤프
새하얀 종이 위에 내 손을 따라
이리저리 움직인다

슥슥, 지우고 다시 그리는 것을
반복하다 보면 꿀을 얻기 위해
꽃을 찾으러 가는 나비처럼

완성된 그림을 보기 위해
계속해서 샤프를 움직이다 보면
내가 원하는 그림이 완성된다

새로운 그림을 그리기 위해
나는 다시 샤프를 잡는다

벽난로

_오윤서

곁에 있음 따뜻한 벽난로
온기가 나를 감싸준다
눈을 감으면 타닥타닥
아, 기분 좋아지는 소리

화르륵, 화르륵 타들어 가는 장작
보고 있으면 용기가 난다
꼭 나를 응원해 주는
포근한 엄마의 마음 같다

늘 웃어 용길 주는 벽난로
언제나 따뜻하게 웃어주길
용기 내어 한 발자국 더
나아갈 수 있게 도와주는 벽난로

배낭여행

_윤소영

바스락바스락
배낭 짐 싸는 소리
오늘은 영국에 가는 날

좌르륵
여행 계획표를 여니
첫째 줄에 쓰여있는 일정
'새벽 요가 수련하기'

비행기를 타니
드디어 여행이 시작된다
실감이 난다

긴장감과 설레임이
연기처럼 몽글몽글
구름처럼 피어난다

시작이 좋다!
내 인생 첫 배낭여행이
어떻게 막을 내릴지
무척 궁금하다

나의 행복

_이수정

나를 행복하게 해주는 게 있어서
너에게만 알려줄게

나는 울지 않는 사람이야
울지 않아야 행복하기 때문이지

테니스도 나의 행복이야
우승하면 짝짝짝~
사람들이 나를 축하해주기 때문이지

한 달마다 저금하면 로또가 돼
계속 모으다 보면 끝내 좋은 일이 생기고
모으지 않으면 실패하지!

나의 행복은
이런저런 여러 가지 일들로
계속해서 이어질 거야

우주 속 개미

_이신애

내가 제일 큰 줄 알았던 날
개미처럼 작음을 깨달은 날

그러면 어떠하리 개미도 영차영차 가는데
그렇다면 나도 위를 향해 영차영차 가야지

지금 나는 많이 하찮고 작은 존재이지만
언젠가 더 올라가 크게 될 것을 알고 있기에

힘들고 눈물이 나도 다시 일어나는 개미처럼
남이 뭐라든 자신의 길을 가는 개미처럼

나도 다시 일어나야지 다시 내 길을 가야지
그렇다! 나는 작지만 큰 우주 속 개미였다

깜빡

_추예담

나의 인생은
즐겁다, 신난다, 재미있다
"깜빡"

나의 인생은
힘들다, 슬프다, 어렵다
"깜빡"

남들처럼 공부를 한다
남들과 달리 운동을 한다
나는 꿈을 향해 나아간다
"깜빡"

나는 눈 깜짝할 사이 "군인"이 되었다
나는 눈 깜짝할 사이 꿈을 이룬 거다
"깜빡"

지금 내 눈앞에
넓은 바다와 같은
나의 미래가 보인다

여행

_홍예은

난 오늘 떠단다
집을 떠난다
한국을 떠난다

집과 한국이 매달린다
난 가차 없이 뿌리쳐냈다
날 기다리는 비행기와 유럽이 있거든
미안 미안

집과 한국은 엉엉 운다
못 본 척 눈을 감는다
설레지만 무거운 발걸음을 돌렸다

유럽으로 가는 비행기 안
엉엉 울던 집과 한국이
생각났다, 보고 싶어졌다

나의 행복

_황서영

나의 행복은 무엇일까?
너의 행복은 무엇일까?

행복은 다양하다
맛있는 거 먹기, 마음 편히 자기
쇼핑하기, 취미 생활하기

행복처럼 느껴질 수 있는 일은 많다
행복 같은 일도 많다

터벅터벅 나의 행복을
찾으러 가는 길
오늘은 어떤 행복이 발견될까?

색연필

_황유라

나는 매일 다른 색을 하나씩
하나씩 칠해져 간다
마치 하늘을 보듯이

지금 내 머릿속은 텅텅 비어 있지만
하나씩 칠하다 보면 내 머릿속도
하나의 그림이 완성된다

색연필이라고 다 같은 색연필은 아니다
누구나 감정이 있듯이
색연필도 그런 것과 같은 것이다
마치 나를 보듯이

누구한테나

_김민겸

뒤에서 욕하지 않는
누구한테나 믿음 받는 사람

비밀을 함부로 말하지 않는
누구한테나 믿음 받는 사람

확실하지 않은 얘기는 말하고 다니지 않는
누구한테나 믿음 받는 사람

나는 그런 사람이 되고 싶다
누구한테나 믿음 받는 사람

전교 회장

_김석찬

나의 MBTI는 I
나는 소심한 아이

이러한 나의 도전, 전교 회장 되기
나에게는 하나의 벽 같던 전교 회장
이것은 나에게 내미는 도전장

전교 회장이 되기 위해 영차영차 준비해
여름철 맴맴 우는 매미처럼 으쌰으쌰 노력해

얼마 남지 않은 선거일
하지만 나에게 남은 산더미 같은 해야 할 일
나의 노력은 개나리 전교 회장 이뤄내리

LA

_김에녹

LA에 간다
LA에는 팔지 않는
맛있는 LA갈비

LA 사람들은
맛있는 LA갈비를
그 LA갈비의 맛을 알까?

아이스크림처럼…
마시멜로우처럼…
솜사탕처럼…

입에서 사르르 녹는 갈비
그런 갈비를 만들어
LA 사람들에게 팔고 싶다

나의 그녀

_김현성

저벅저벅 그녀는 가버렸네요
내 마음을 채워준 그녀는
저벅저벅 저 멀리 가버렸네요

항상 내 옆에 있던 그녀는
이젠 내 곁에 없네요
항상 내 옆에 있던 그녀는
이젠 떠나버려 없네요

쌩쌩 바람만 부네요
시간이 지나 그리워져도
하하하 불러만 보네요

이젠 놔주렵니다

별거 아닌 것처럼 보이는 내 꿈

_방민준

누구는 살면서
한 번도 안 당하는 교통사고
나도 두 번 다시는 안 당한다

누구는 시간 날 때마다
가는 해외여행
나도 언젠가는 꼭 간다

누구에게는
별거 아닌 것처럼 보이는 펜 돌리기
남들에게 자랑할 수 있을 만큼 연습할 거다

나도 없고 남들도 없어
엉엉 우는 뚜렷한 진로
나도 빨리 찾고 싶다

인생

_송호세

나의 인생은 가을 같다
낙엽처럼 기분이 떨어진다
추운 바람이 분다
몸이 쪼그라든다

몸이 무겁다
기분이 무르륵 무르륵
삶의 의미가 떨어진다
살기 싫어진다

하지만 살기 위해 다시 간다
죽기 싫어서 노력한다
계속 걸고 걸어서 간다
정신이 혼미해진다

나의 인생은 가을 같다

언제

_양시율

나는 언제?
나는 언제 전교 1등처럼 공부를 할까?
나는 언제 썸 타는 연애를 할까…?

나는 언제 가고 싶은 학교에 갈까?
나는 언제 대학 졸업을 할까?

나는 언제 형처럼 군대를 갈까? 나는 언제 회사에 취직할까?

나는 언제 부모님처럼 결혼을 할까?
나는 언제 이 생각에서 떠날 수 있을까?

호위

_이태희

힘들 땐 같이 있어 주며 곤경에 처했을 때
지켜주는 그런 사람이 난 되고 싶다

신념에 따라 남을 지켜주시는 분들
그런 분들을 따라 나 자신도 단단한 바위처럼
깨지지 않고 듬직한 사람이 되고 싶다

가시밭을 걷는 사람들이 꽃길을 걸을 수 있기를
가시밭에 가시를 거두고 꽃을 솔솔 뿌리며
자신의 길을 찾게 도와주는 그런 사람이 되고 싶다

먼 훗날 뒤를 돌아봤을 땐 내가 걸어온 길이
많은 사람에게 도움이 된 것을 보며
뿌듯함과 감동을 느끼고 싶다

내가 만든 길을 보며
사람들이 웃는 모습을 보며
나도 자랑스럽게 웃어 보겠다

추락

_유성민

나무에서 훨훨 떨어지는 낙엽
꿈을 원한 나무 꿈이 없는 낙엽
어딜 가든 낙엽 어딜 가는 낙엽

꿈 없는 낙엽 나무를 나무라
거리, 도로, 옥상, 해변, 강가
으아 소리가 난다

흩날리는 낙엽 나무 시절 떠올려
어디로 떨어질 건지 정하려
밟히기가 싫어 옥상으로 훨훨

안착하는 낙엽 다른 낙엽 보네
선택에 만족해 바람들에 감사
자신 삶을 살고자 낙엽에 눈 떼네

꿈

_한규민

꿈을 꾸었다
은빛처럼 빛나고
노을처럼 예쁜 음식이 있어 먹으려

노력했다
하지만 닿을 수 없었다
면과 밥 많은 음식이 있었지만
발이라도 달린 듯

우리의 잡기 놀이는
쫓고 쫓기는
잡으려는 자와 도망치려는 자의
추격전이 된다

나는 그것들을 잡음과 동시에
나의 집으로
돌아와 내 꿈을 이루었다

게임

_황우진

재밌는 게임
아침에 해도
밤에 해도
재밌는 게임

게임에서 미션을 하면
렙업하는 것처럼
해야 할 일을 하면
재밌게 렙업한다

게임을 해서 꼭
원하는 곳으로 가자
많이 유명해지면
만렙이 되는 것처럼
꿈을 이룰 것이다

꿈

_장예준

나의 꿈은 평범한 사람이 되는 것이다
매일 골목에서 바쁘게 지내는 것
일상의 소소한 것들을 느끼는 것
잔인한 전쟁도 없고 치열한 경쟁도 없다
여기 사람들의 요구는 단 하나이다
행복, 건강, 조화와 평화

2학년 5반

늘 해맑게 웃으며 배우는 친구들
궁금한 게 많아 질문하는 친구들
똘똘하게 말하고 열심히 필기하며
질문과 대답이 막힘없이 흐르던
그래서 예비 수업 종이 울리면
빨리 들어가고 싶었던 예쁜 5반

마지막 여행

_김나라

오늘도 같은 짐은 아니지만
익숙한 가방에 또 다른 짐을 챙기고
여행을 위해 현관을 나선다

텅텅 비었던 지도가
여러 색으로 칠해져 가면
내 앨범도 조금씩 두꺼워진다

내 생을 마감하기 전까지
내 지도의 빈칸을 칠하려 한다

마지막까지 행복해지기 위해
나는 오늘도 여행을 떠난다

카메라

_김은채

깜빡–
내 눈은 카메라다
눈에 세상을 담는다

찰칵–
카메라는 내 눈이다
카메라 속 네모 칸에
내 마음을 담는다

눈으로 본 내 세상은
사계절을 몸소 느낀다
따뜻함, 뜨거움, 선선함, 차가움

카메라 속 내 마음은
사계절을 기억으로 추억한다
아, 그때는 그랬었지

나를 내려다보는 너에게

_방지선

낮이나 밤이나
언제나 밖으로 나와 걸으면
언제나 넌 날 내려다보는구나

난 어떻게든 널 내려다보려 하지만
넌 어떻게든 날 내려다보는구나
내게 널 내려다보는 날이 올까?

너에게 들리는 소리는
나의 분해하는 소리
나에게 들리는 소리는
너의 웃음소리

언젠가 내가 널 내려다봤을 때
그때의 나는 어떤 모습일까
어떤 기분일까…
문득 궁금해진다

하얀색

_윤지원

꿈은 하얀색이다
꿈이라는 빛은 쌓이면 쌓일수록 밝아진다
꿈은 알면 알수록 하얀색이다

하얀색은 볼품없는 나 자신이다
하얀색은 그리면 그릴수록 다채로워진다
하얀색은 어떤 색과 섞여도
색을 잃지 않고 조화롭다

빛은 내가 가야 할 곳을 아는 듯 속삭인다
빛은 아무리 깜깜한 곳에 있어도 밝게 인사한다
빛은 희망처럼 넘어진 나에게 용기를 준다

섞일수록 다채로운 하얀색이 되고 싶다
하얀색 꿈을 이루고 싶다

나의 꿈

_이지영

나의 꿈은 뭘까
남들은 모두 다 자기의 꿈이 있는데
나만 없는 것 같다

다른 사람들은
"철없는 생각이네, 나중에 뭐가 될려고"
말하는 사람들도 있을 것이다

나는 아니다
나는 나의 행복을 찾는 게 꿈이다
나는 좋은 생각이라고 생각한다

행복은 이슬비처럼
우리의 인생들에 숨어 있다
나는 작은 행복이라도
소중히 여기고 아끼고 싶다

나는 행복을 만들며 살고
행복하게 살 것이다
이것이 나의 꿈이다

들린다

_이붕선

나뭇잎 흔들리는 소리
솔바람 지나가는 소리

참새는 호로로 물을 마시고
나뭇잎은 호도독 내려앉는다

햇빛을 받아 반짝이는 너는
내 눈을 반짝이게 만든다

너는 휘리릭 내게 몸을 맡기고
나는 너를 품에 안는다

들린다
너의 목소리가

나의 꿈 바리스타

_지예은

코끝에 커피 냄새가 스치듯
커피잔에 커피를 채운다
나는 오늘도 한 발짝 다가간다

카페에 벨이 딸랑– 울린다
꿈에 한 발짝 다가가듯
책을 펼치곤 한다

달콤하지만 아릿한 커피의 맛에
표정을 찡그렸었지만
지금은 익숙한 듯 커피를 내린다

그린 설계도를 따라
낡아버린 책 한 권을 졸졸 따라오듯
커피 내음이 코끝에 맺혔다

피아노

_최희재

처음 시작할 땐 어려운 피아노
하면 할수록 재미있는 피아노

연주하려고 연습할 때 힘이 드는 피아노
선생님께서 쳐 주실 때 멋있어 보이는 피아노

지금은 가족같은 존재인 피아노
사람들에게 연습한 곡을 들려줄 때 뿌듯하다

연습이 잘 안될 때에는 미운 피아노지만
항상 치고 싶은 나의 피아노

평범한 꿈

_강지호

공항에 모인 나의 친구들
비행기를 타러 가는 신난 친구들

비행기에서 속닥속닥거리는 친구들
도착할 때쯤 웅성웅성거리는 사람들

눈덩이를 만드는 우리
눈더미 너머 보이는 우리의 적

눈덩이가 슝슝 적에게 날아간다
눈덩이가 대포알처럼 우리에게 날아온다

방송시작

_김형규

나는 스트리머다

방송을 켜면
기다리던 사람들이
들어와 인사한다

나는 그들과 같이
기뻐하고 환호하고
또 슬퍼한다

시청자가 웃는 게 내 행복이다
그들을 더욱 즐겁게 해주고 싶다
나는 더욱 노력한다

나는 스트리머다
지금은 되려 받고 있지만
나중엔 그런 소방관이 되고 싶다

유도

_서혁진

유도
너무 재미있는 유도
아프지만 재미있는 유도

하면 할수록
다치고 넘어지지만
재미있는 유도

상대가 나를 넘겨도
좌절하지 않고
나도 상대를 넘기는 유도

대회에 나가도
재미있는 유도
유도는 재밌다

나는…

_윤준용

모든 사람은 행복하길 원한다
나도 마찬가지다

푸근하고 구름 같은 추억을
사진으로 남기고 싶은 나

내가 살고 있는 인생에서
일어나는 추억들은 소중하므로
영원히 기억하고 싶다

가을 날씨처럼 따뜻한 사람이 되고 싶은 나
어려운 삶을 살고 있는 생물들에게
도움이 될 수 있는 사람

자신감으로 충만한 사람으로 남고 싶은 나
세계를 돌아다니면서
좋은 일을 해주는 사람

나는 성큼성큼 미래로 가는 중
이 모든 일이 이루어진다면
이번 인생 한 번이면 후회 없겠네

모니터 너머

_박기태

나는 최고의 스트리머다
모니터 너머
사람들을 웃겨준다

나는 최고의 광대다
모니터 너머
사람들은 환호성을 지른다

나는 최고의 이야기꾼이다
모니터 너머
나의 경험을 말해 준다

사람들은 말했다
모니터 너머
너는 최고의 스트리머라고

해외여행

_이예준

나는 여행을 갈 것이다
슝슝 나는 비행기를 타고
여행을 갈 것이다

친구들과도 놀러 가고
가족들과도 놀러 가고
애인하고도 놀러 갈 것이다

여러 나라의 언어를 배우고
맛있는 음식을 먹고
문화도 배울 것이다

나는 여행을 갈 것이다
여행은 생각만 해도
정말 즐겁다

내 꿈은 서울살기

_이윤성

내 꿈은 한강 뷰 집에서
서울살이하기
생각만 해도 좋다

서울에서 하고 싶은 게 너무 많다
롯데월드 가기 한강에서 자전거 타기 등
하고 싶은 게 너무 많다

나는 내 꿈을 위해
일을 열심히 해서
돈을 많이 벌 것이다

사람들이 불가능하다고 말하지만
나는 매일 생각한다
내 꿈을 이룰 수 있다고

프로그래밍

_이호준

딸깍딸깍
프로그래밍의 세계에
처음 들어온 나

딸깍딸깍
놀이동산같이 흥미로웠던
재미있던 곳

점점 어려워지는
하기 싫어지는
프로그래밍의 세계

포기 말고 계속하면
누군가 내 프로그램을
사용해 주겠지

기계

_이희건

기계처럼 살고 싶다
사람과 기계는 다르다
사람은 기계보다 좋다

스마트폰은 똑똑하다
스파트폰은 재미있다
그래도 사람이 좋다

컴퓨터는 유용하다
컴퓨터는 재미도 준다
컴퓨터 같은 사람이 좋다

기계 같은 사람
스마트폰 같은 사람
컴퓨터 같은 사람이 되고 싶다

시간

_정은찬

시간이 무심하게 가고 있다
재촉이는 시계 소리가
나를 짜증나게 한다

황금 같은 시간은 멈추지 않는다
다시 시간을 되돌리고 싶다
시간이 잠시 멈췄으면……

후회하고 후회하지만
다시 되돌릴 수 없다
지금부터라도 후회하지 않게 살자

부자

_장민석

한 달에 10만 원씩 모으면
1년에 120만 원
10년에 1200만 원을 모을 수 있다

그 돈으로
비행기처럼 높이 올라가는
주식을 사고 억 소리 나게 벌고

헬리콥터처럼 높이 올라가는
주식을 사고 억 소리 나게 돈을 번다

그렇게 노력하다 보면
만수르처럼 돈이 많은
부자가 될 것이다

2022 천안동성중학교 2학년 학생들의 창작 시집

11월 '진정한 혁명,
그리고 꿈과 희망 찾기 프로젝트~!!' 수업을 진행하며

『꽃들에게 희망을』(트리나 폴러스 作)을 읽고
노랑 애벌레와 검정 애벌레를 통해
청소년기 자신의 삶을 살아가는 태도에 대해
깊이 생각해보는 시간을 가졌다.
그리고 아직은 서툴고 막연하지만,
나의 꿈을 탐색하는 버킷리스트를 작성한 뒤
이를 시로 재구성하여 '나의 꿈'을 주제로 시를 쓰고
가을 내음 가득한 낙엽 시화를 만들었다.

어설프지만 빛나기를 바라며
나의 삶과 꿈을 노래하는 시를 담고 낙엽에 꿈을 그렸다.
그렇게 우리들은 모두 아름다운 시인이 되었다.

생각을 시詩로 물들이다 2

펴낸날 2023년 2월 21일

지은이 천안동성중학교 2학년 학생들, 국어교사 한경화
펴낸이 주계수 **｜ 편집책임** 이슬기 **｜ 꾸민이** 이승훈

펴낸곳 밥북 **｜ 출판등록** 제 2014-000085 호
주소 서울시 마포구 양화로 7길 47 상훈빌딩 2층
전화 02-6925-0370 **｜ 팩스** 02-6925-0380
홈페이지 www.bobbook.co.kr **｜ 이메일** bobbook@hanmail.net

© 천안동성중학교 2학년 학생들, 국어교사 한경화, 2023.
ISBN 979-11-5858-884-7 (03810)